DE
LA DOMINATION
DES
JOURNAUX.

Il faut amener peu à peu la nation française à saisir la vérité des choses : il faut obtenir qu'elle se fasse une opinion, que son opinion tourne en volonté, que sa volonté entre en action. (*Des Journaux* 1827.)

PARIS,
A. PIHAN DELAFOREST,
IMP. DE MONSIEUR LE DAUPHIN ET DE LA COUR DE CASSATION,
rue des Noyers, n° 37.
1828.

Deux fléaux depuis long-temps signalés désolaient la France, l'arbitraire et le monopole : l'un trop connu sous le nom de ministérialisme, l'autre mal voilé sous le nom de journalisme; celui-là contre lequel a été faite, celui-ci par lequel a été faite, la dernière révolution du cabinet.

Comme il devait s'ensuivre, l'arbitraire vaincu a été poursuivi, pourchassé jusqu'au sein de l'avenir, où nul présage n'annonçait son apparition; tandis que le monopole vainqueur a poussé ses conquêtes, a piqué son drapeau dans les temps futurs, dont les destinées étaient déja menacées de tomber à sa merci.

Et voilà la loi sur la révision des listes, où l'autorité, déja affaiblie par la chute de son perfide auxiliaire, a été mise à mort, dans la crainte qu'à l'abri du pouvoir légitime, l'arbitraire ne vînt à surgir de nouveau.

Voilà la loi sur la presse périodique, où la liberté, étourdie des triomphes de son prétendu sauveur, a laissé river ses chaînes, de manière qu'en l'absence d'un contrôle tutélaire, le monopole est installé à demeure, est investi de l'empire.

Cependant l'arbitraire du grand sceau, honni et haï à juste titre, du moins n'attaque, ne viole que les intérêts matériels; et parfois même, stimulant les esprits paresseux, irritant les caractères timides, il relève le moral de la société.

Au contraire le monopole de la presse, agite et trouble par le jeu des visions, les imaginations; abat et courbe sous le joug des sophismes, les intelligences : interceptant autour des unes et des autres, tout rayon de pure et vive lumière.

Sans dire que le monopole, trop sujet à tourner à la faction, à la révolte, ne peut être réprimé par la justice, séduite ou effrayée, ne doit être comprimé que par la censure écrasante, abrutissante.

L'abus tue l'usage : de même que l'arbitraire amena une réaction de licence, de même le monopole conduira à l'oppression de la liberté.

« Je dis qu'au moyen de l'article Ier, les partis ont tout ce qu'ils peuvent souhaiter. Il ne peut leur manquer un journal qui exprime leur opinion ; ils n'ont plus à craindre de se trouver sans organe. Il ne leur importe pas d'en avoir davantage. Du moment où vous admettez que pour établir un journal, l'autorisation royale n'est pas indispensable, les partis sont assurés de ne pas manquer d'organe. C'est pour eux une condition tellement vitale, que quelles que soient les conditions que vous mettiez à l'existence d'un journal, ces conditions seront remplies. Vous demanderiez 200,000 fr., un million, deux millions, on vous les donnerait. Vous auriez beau rendre difficile la condition des gérans, vous auriez beau en faire des hommes introuvables, on les trouverait. Du moment où le journal existe, l'intérêt de parti est satisfait. En effet, ne voyez-vous pas, Messieurs, que l'intérêt du parti n'est pas de se diviser, mais de réunir le plus grand nombre possible de nuances d'opinion. Or l'unité de journal tend à ce but : elle y concourt puissamment. Je ne voudrais pas dire que les journaux créent, modifient l'opinion ; mais je suis loin de révoquer en doute leur puissante influence sur les opinions. Je conviendrai que les mêmes personnes qui, le matin ont le même journal, ont pour toute la journée un fonds d'opinion commune. Je l'ai souvent observé. Souvent un homme qui s'est abonné à un journal qui, dans l'origine, n'était pas en parfaite sympathie d'opinion avec lui, a fini par faire des cessions à ce journal, et de concession en concession, il s'est trouvé de la même opinion ; chose qui ne serait pas arrivée, si dès le principe, il avait pu se procurer un journal qui correspondît à sa façon de penser.

« Les obstacles qu'on apporterait à l'établissement de nouveaux journaux, seraient contraires aux intérêts du pouvoir. L'intérêt de parti y gagnerait ; car moins il aura de journaux, plus ils se renforceront, en fondant dans une seule, un plus grand nombre de nuances.

« M. le garde des sceaux vous a dit avec beaucoup de force dans l'exposé des motifs, que tout monopole était nuisible. Je suis de l'avis de M. le garde des sceaux. Je veux comme lui, que la concurrence puisse s'établir; mais il ne faut pas imposer aux journaux des conditions telles, qu'il soit impossible d'en établir de nouveaux. Vous déclarez que votre intention est de renoncer au monopole, *et par le fait, vous le maintenez.*

Certes, je ne veux aucun mal aux journaux qui en ce moment réunissent le plus d'abonnés ; je porte intérêt à leur entreprise, et je serais fort ingrat, pour ma part, si je leur voulais du mal. Mais je voudrais qu'il existât un plus grand nombre de journaux correspondant à chacune des nuances de la même opinion. Je crois que s'il en était ainsi, vous auriez beaucoup moins à vous plaindre des inconvéniens qui ont été signalés. Si donc vous voulez réellement qu'il existe un plus grand nombre de journaux, rendez leur existence possible; abaissez les conditions, ouvrez la carrière à la concurrence. » (*Le comte de Saint-Aulaire*, 7 *juin* 1828.)

Ce n'est que sous la sauve-garde de cette opinion à la fois éclairée et loyale, qu'il y a moyen de rappeler les principes relatifs à la presse périodique, tant de fois exposés vainement.

Car il se peut sans doute qu'on ait raison tout seul, comme il s'est vu, au moins dans les temps passés, comme il se verra encore, au moins pour d'autres écrivains : mais c'est chose si ridicule, qu'il faudrait, quand un sort malin a frappé ainsi, se cacher, se retirer au loin, devant le cri unanime de réprobation.

Le temps seul a le droit de parler, de se faire écouter : seulement il ne sert à rien d'entendre, alors qu'éclate sa voix foudroyante. Tout est consommé : il ne survit que des regrets dans la mémoire, que des remords pour la conscience ; ceux là dont il n'est pas possible de se sauver, ceux-ci qui se voient trop rarement acceuillis.

Répétons les paroles.

« Par le fait, vous maintenez le monopole. »

Vous le maintenez, attendu que sous le poids des charges fiscales, nulle entreprise n'osera entrer en lice et lutter contre la vogue. (*De la Concurrence Effective*, page 28.)

Vous le maintenez sans aucune chance, sous un ministère, qui certes n'a pas le projet d'acheter et d'anéantir les journaux.

Vous le maintenez en dépit des vœux contenus dans l'exposé des motifs.

« Les feuilles périodiques dirigent l'opinion du moment...

« C'est une chaire dont l'enseignement retentit d'un bout du royaume à l'autre...

« Dans la publication des journaux, c'est un besoin social qu'il importe de satisfaire....

« Pour que la publicité soit efficace, il importe que ses organes soient sincères...

« Sans la concurrence, il n'existerait pas de contrôle pour apprécier la bonne foi...

« Un tel état de choses est contraire à la libre et sincère manifestation des faits, des opinions, et aux intérêts politiques de l'état...

« Tout monopole est nuisible, et celui de la presse périodique plus qu'un autre : il crée, au sein de la société, une puissance de fait qui force bientôt les pouvoirs publics à compter avec elle. »

D'où il résulte, que la concurrence effective des journaux est indispensable pour former ou plutôt laisser se former, l'opinion publique, pour rendre ou plutôt laisser reprendre à l'autorité, son influence légitime.

Et de plus que cette concurrence, tend à prévenir les délits, à diminuer les dangers de la presse, au moyen du contrôle mutuel, en même temps qu'elle permet à la justice d'exercer la plus rigide répression, sans crainte d'enlever des organes aux peuples, ni même aux partis :

Avantages capitaux, garanties importantes, dont l'obtention devrait être l'unique fin d'une loi sur la presse périodique ;

Enfin, vous maintenez le monopole, vous consacrez le *statu quo*, alors qu'il n'existe aucun journal vraiment monarchique, et conforme aux vues du gouvernement actuel ; alors que le pouvoir usurpé par les journaux existans, cause tant de désastres, détruit toutes les espérances, porte de plus en plus des menaces, et frappe en une telle manière que le courage manque pour l'affronter, pour le dompter. (*Note* I.)

Avec la concurrence, à peine y aurait-il besoin de répression, et sans la concurrence, peut-être n'y a-t-il plus de moyen de répression.

Le projet a dû tenter d'y suppléer par d'autres ressources : et d'abord il a droit à des actions de graces à l'égard des mesures relatives aux petits journaux dont l'effet est le plus funeste, attendu que l'opinion varie en politique et jamais ne se relève en fait de moralité : non cependant que le même avantage n'eût pu être obtenu par l'effet des poursuites judiciaires, aussi bien que des prescriptions onéreuses.

On doit même lui rendre hommage au sujet des grands journaux, quant à l'intention prononcée d'autoriser la faculté de suspension après la première récidive; intention complètement trahie par l'amendement qui en limite l'exercice au cas de récidive, sous le même gérant, et après une condamnation à un an de prison :

Bien qu'il eût été difficile de faire appliquer la peine de suspension à raison d'une ou deux phrases, peut-être échappées et toujours expliquées en une manière quelque peu plausible; bien que la pratique eût souvent entraîné des actes d'injustice, l'écrivain maladroit devant tomber sous le coup, au lieu que le plus habile, le plus dangereux se serait tenu à l'abri.

Ceci ramène à cette vérité précieuse, que dans

un journal, l'esprit seul est coupable, est appréciable, est punissable, de même qu'envers un journal, la seule voie pour réprimer, pour prévenir consiste dans la suspension. (*note* II.)

Vérité méconnue, par l'opinion trop long-temps irritée et plus que jamais abusée, qui frémit au seul aspect du frein miséricordieux, des entraves paternelles, que prépare à tête reposée, que réserve pour l'heure critique, la providence des lois : repoussant avec horreur, le mode légal de suspension et ne permettant pas même de concevoir l'espérance, de tenter l'épreuve, à l'égard du maintien de la censure facultative (*note* III).

Ainsi sont faits les hommes ; que dans l'état trop commun de vertige, en proie à des idées délirantes, il est impossible de faire parvenir à leur esprit, les notions les plus simples, et par exemple de faire sentir que l'exercice de la censure, serait préservé de ses abus, en conservant tous ses avantages.

Au moyen de ce que le pouvoir en fût attribué au conseil privé avec un nombre égal de ministres d'état et à la majorité des deux tiers, que l'expression de *circonstances graves* fût développée et caractérisée avec exactitude ; et que l'usage de cette faculté fût soumis à l'investigation des chambres pour être approuvé ou condamné.

NOTES.

1. En deux mots, pouvez-vous tuer les journaux, les anéantir d'un seul coup et à jamais? tuez-les sur-le-champ. Dans le cas contraire, la médecine donne l'exemple à la politique : on la voit souvent, au lieu d'employer des remèdes violens, pour faire évacuer le poison, prendre le parti de le neutraliser dans l'organe où il a pénétré, quand même ce serait au moyen d'un poison antagoniste.

Pouvez-vous enclouer les esprits? enclouez vite, et rivez à demeure. Sinon, tentez de distraire l'attention, de fournir des sujets de diversion, de jeter dans l'embarras de la réflexion : augmentez, multipliez le nombre des journaux, qu'il en sorte du coin de chaque borne, et que le vent les emporte, les éparpille en tous lieux. . . . . .

A leur égard, les choses sont, non pas comme elles devraient être, mais comme elles peuvent être. Il n'y a que cinq journaux disponibles; il y a bien cinq opinions prononcées. Chaque opinion enfante ou épouse un journal, et de jour en jour les liens mutuels se resserrent par la continuité des relations, par l'animosité contre les adversaires. D'abord le journal avait une opinion, bientôt c'est l'opinion, le parti qui a son journal.

Les journaux sont d'un prix élevé, et hors des grandes villes, l'ardeur de la lecture ne consume pas les esprits; l'effort est assez grand de lire pendant le déjeûner, de payer par tiers ou par quart le journal; ce serait trop de peine, s'il s'agissait d'un journal indépendant, impartial. Plus on manque de sens, plus on abonde dans son sens, c'est la loi de l'humanité. Il faut que la feuille favorite vienne apprendre chaque jour qu'on a eu raison la veille, et enseigner comment on aura raison le lendemain. . . .

En outre, le petit nombre des journaux rend plus facile un accord tacite, rend plus sensible un péril commun : engagés dans un combat à outrance, exposés aux coups du même ennemi, leurs armes s'ébrècheraient en se tournant les unes contre les autres. Et parfois il y a des égards à conserver, des services à reconnaître ; le dernier devoir auquel peut manquer un Français, c'est la politesse.

Il s'ensuit que la critique est presque nulle, qu'il ne s'exerce point un contrôle suffisant ; et, au lieu de ces discussions libres, de ces débats passés entre pairs, qui contiendraient et retiendraient sans doute, quand les reproches sont lancés des tribunes anglaise et française, ils n'excitent qu'un mouvement d'indignation. . . . .

Le ministre s'est complu à éteindre à leur naissance, à étouffer dans ses bras maints et maints journaux. Ainsi s'éteignait la concurrence, ainsi se concentrait l'influence; et l'influence concentrée, de même que les rayons du soleil réunis au foyer d'un miroir, devient incendiaire. Il n'y a plus que passions, que haine, colère et vengeance : les exceptions sont rares.

Il faudrait tenter la méthode inverse : il faudrait appeler, favoriser la concurrence, et en place de la concentration, substituer la diffusion, la confusion même. Il faudrait que les rayons de lumière fussent réfléchis dans tous les sens et divergeassent à l'infini.

Accroissez donc, multipliez les journaux, tant qu'à la fin il s'en rencontre un, ou deux, ou trois, car abondance de bien est miracle en ce genre, qui, ne sachant plus comment se distinguer, comment percer à travers la foule, soient contraints de se frayer quelque voie inconnue, inouïe, étrange, et soient amenés ainsi à mettre au jour la vérité pure, à faire valoir la raison, la justice, l'utilité publique, toutes choses qui demeurent en doute au milieu des disputes d'homme à homme et de secte à secte; choses qui, à la rigueur, comme il y en a quelques exemples, pourraient exister dans les vues ministérielles; choses enfin qui rallieraient autour du noyau de l'intérêt social tant de votes du centre, tout étonnés de devancer les votes de l'extrême droite.. . . . .

Mais quel est le moteur qui, se tenant derrière les coulisses, tient les fils, et à son caprice fait jouer les marionnettes du grand théâtre de l'opinion? Le journalisme! D'un coup de baguette, il jette les esprits en crise, les agite à tort et à travers, puis les plonge dans le sommeil.

De tout temps, soit que le sang ou le sort ait décidé de leurs destinées, les Français se sont montrés rebelles, au moins en opinion, à la loi formelle, à la puissance ostensible, et serviles jusque de conscience, à l'influence occulte, à la prépondérance intellectuelle. La récalcitrance et l'engouement sont les deux traits du caractère national. On a vu paraître tour à tour la sèche philosophie de Voltaire et la morale naturelle de Rousseau, la vogue des Etats-Unis et la mode de l'anglomanie, l'ascendant et la chute soudaine des Jésuites, puis des parlemens, la manie insurrectionnelle de 1788 et l'esprit contre-révolutionnaire de 1789, le vertige de la liberté et le prestige du despotisme, enfin la ferveur de la restauration et l'abattement actuel des esprits.

Sous la monarchie, ces soubresauts de l'opinion partaient de l'impulsion du parlement, des états et du clergé; de l'impulsion des livres et des théâtres, des salons de la ville, des antichambres même de la cour. Rien de tout cela n'existe plus: il faut pourtant que le Français soit mené. Et c'est comme un besoin honteux à satisfaire; il a soif de se laisser mener, il a horreur qu'on veuille le mener. . . . .

Salut à nos maîtres! Leur autorité tient de la nature du régime patriarcal, du genre de la clientelle usitée chez les Romains, étant appelée, étant accueillie plutôt que subie: et si la volonté qui est asservie, porte impatiemment la chaîne et n'attend que le moment de la briser, l'opinion qui s'offre et se livre, tient le joug pour une couronne dont le poids ne charge jamais le front. L'ascendant est tel, qu'en parlant de la feuille habituelle, on se sert du terme générique, *le journal.*

Le journal dispose de la pensée, du sentiment, des actions; et comme chaque classe de ces serfs volontaires, occupe une zone limitée, le journal pris dans un sens abstrait, domine toute la sphère sociale. . . . .

Si un peuple auquel, par malheur, aurait été donné la faculté de lire par les yeux, bien qu'il soit dépourvu de la capacité de lire par l'esprit, allait aliéner son opinion, laissait confisquer son jugement, à la merci de quelques feuilles volantes; s'il ne voyait plus, n'entendait plus, ne pensait plus, qu'à travers cet organe factice, ce semble superposé à l'intelligence, intercalé entre les sens et les sensations ; ce serait un signe certain que les pouvoirs du cœur et de la tête manquent à son organisation, ou du moins qu'étant mal constitués et n'étant plus exercés, ils sont à la veille de faillir tout-à-fait. Un cas pareil ne s'était vu encore que dans les gorges du Valais. Il y a abrutissement ; il y a opprobre, ignominie.

De même que dans l'Orient, c'est le sultan ; dans l'Afrique, le fétiche ; en France, c'est le journal, dont les oracles sont invoqués, sont implorés pour enseigner aux gens comment il leur faut vouloir, agir. . . . .

L'opinion, qui ne voit pas à se conduire, ne manque jamais de se laisser mener ; et, passant au pouvoir de quelque faction, devenant un instrument servile, est entraînée par des suggestions étrangères, au-delà du terme où se serait arrêtée la passion même.

Il faut donner à la nation française, en imitation du grand exemple de l'Angleterre, l'éducation du bon sens ; il faut l'amener peu à peu à saisir la vérité des choses et à se défier de l'éclat des phrases ; il faut obtenir qu'elle se fasse une opinion, que son opinion tourne en volonté, que sa volonté entre en action.

Enseignez à lire, excitez à lire, fournissez à lire. Dans les sciences physiques, un mot comprend tout : voir. En morale, en politique, ce mot est ainsi traduit : lire.

Lire, invite à comparer, à réfléchir, empêche de s'aveugler soi-même et d'être trompé par les autres.

Lire ou entendre par les yeux, ne porte pas le danger ou plutôt préserve du danger d'entendre par l'oreille ; car la parole imprimée est à la fois plus épurée et moins enivrante que la parole prononcée.

Lire mal, est synonyme de lire peu ; lire bien, est identique avec lire beaucoup. Un peu de science, a dit un grand homme, éloigne de la religion ; beaucoup de science y ramène.

(*Des Journaux*, *1827*.)

II. Article 3 de la loi de 1822. « Dans le cas où l'esprit d'un journal, ou écrit périodique, résultant d'une succession d'articles, serait de nature à porter atteinte à la paix publique, au respect dû à la religion, à l'autorité du Roi, à la stabilité des institutions, etc., etc. ; les cours royales pourront en audience solennelle, prononcer sa suspension, d'abord pour un mois, puis pour trois mois, et après la double récidive, sa suppression définitive. »

Lisez et tremblez : voilà que toutes nos libertés sont en péril flagrant ; voilà que l'arbitraire est installé en grande pompe.

Personne ne voudra écrire ; personne ne pourra lire : partant, les hommes ne s'entendront plus ; la société restera stationnaire. C'est un nouveau Josué, qui crie à cet astre si brillant et parfois brûlant de la civilisation, à la veille d'atteindre à son apogée, *sta sol.*

Voyons toutefois ! analysons le fulminant article, dans ses effets antérieurs, dans ses futurs résultats, même en sa substance réelle.

Depuis sa promulgation, pendant cette mortelle période de six années, sous laquelle tout a été perverti, interverti, au sein des cœurs comme des esprits, qu'est-il donc advenu, par suite de cet article ?

Un ou deux arrêts de suspension, il y a déja trois ou quatre ans;

Et il y a deux ans, ce mémorable arrêt d'absolution, judiciaire dans la forme, et politique quant aux motifs.

D'où il appert que l'article a pour seul défaut, d'être trop rarement mis en pratique et que les magistrats offrent les garanties les plus efficaces, devant juger en hommes de loi, les délits du journalisme, en hommes d'état, les torts du ministérialisme : double fondement de repos pour l'opinion publique.....

La loi fort innocente à cet égard, ne parlait que de l'esprit d'un journal résultant d'une succession d'articles qui seraient de nature à porter atteinte, etc.

Et vis-à-vis ces termes, la licence personnifiée s'essoufflerait vainement à blâmer, à critiquer, à déblatérer : elle en serait pour ses frais de papier et d'encre, d'esprit et de style, peut-être.

Aussi qu'a-t-elle fait, que fait-elle?

Déja le texte de la loi, si par hasard il a été lu, est oublié à jamais : qu'il n'en soit plus question.

Mais écoutez le cri unanime, continu, redoublé, que renvoient tous les échos de la sottise, de l'ignorance, de l'étourderie.

« On a créé le délit de tendance; on intente des poursuites en tendance; on prononce des condamnations pour tendance. Quelle horreur! »

C'est assez. Le mot de tendance qui ne se rencontre pas dans la loi, est censé constituer la loi; elle est jugée, proscrite, abolie, sous ce titre pseudonyme.....

La loi parle de l'esprit d'un journal : est-ce sur ce point

que l'on dispute? est-ce devant ces mots qu'on se révolte? Toute œuvre intellectuelle n'est-elle pas conçue, écrite, publiée dans un certain esprit? Ne faut-il pas quelque principe préexistant pour lui donner la vie, quelque fin préétablie pour indiquer sa ligne.

On parle souvent de l'esprit de Voltaire et de Rousseau, de l'esprit des lois et de l'histoire, de l'esprit du royalisme, du libéralisme. Chaque acte rend un trait partiel de l'esprit; la suite des actes rend l'image complète de l'esprit: attendu que l'homme, aussitôt qu'il s'élance hors de la sphère animale, est tout esprit.

Sans garder tant de réserve, la loi eût été plus claire et plus vraie à la fois, en parlant de l'esprit de parti d'un journal; et certes, nul ne se serait élevé contre cette manière de s'exprimer; nul n'aurait nié les dangers, n'aurait repoussé les garanties.

Or, il est évident que l'esprit d'un écrit, ainsi que l'esprit d'un homme, ne peut être apprécié qu'en vertu, qu'à l'aide du pouvoir discrétionnaire; lequel pouvoir, dont le nom seul fait peur, se montre cependant sur tous les points de l'organisation sociale et notamment, est attribué au jury, avec une latitude presque illimitée.

De même que le jury se voit obligé à écouter les témoignages, les interrogatoires, bien qu'il reste libre de leur influence, dans son jugement: de même la loi entend que la cour apprécie l'esprit d'un journal, en ce qu'il résulte d'une succession d'articles, c'est-à-dire en tant qu'il s'est manifesté et développé, au moyen d'articles en nombre, d'articles en analogie entre eux, d'articles en conséquence l'un de l'autre.

C'est seulement après l'analyse des preuves, après le recensement et le recollement des faits, que la cour est appelée à juger l'intention innocente ou coupable, à juger l'esprit : acte tout intellectuel, où sans doute intervient le pouvoir discrétionnaire, mais en un degré moins élevé que dans l'institution du jury.

Et voyez par quelle scrupuleuse délicatesse cette feuille volante, écrite à tant par ligne, dictée par l'intérêt, adressée aux passions, ne sera accusée, condamnée qu'en audience solennelle; tandis que notre honneur, notre fortune, sont perdus ou sauvés par la chance de quatre voix contre trois, et que la liberté, la vie nous sont laissées ou ravies, d'un coup de dés entre les premiers venus.

Voyez comment la mission relative aux journaux, sera confiée à cette même cour qui protégea les libertés et préserva l'autorité, à cette cour impassible, imperturbable, qui porte seule les caractères essentiels de la justice; au lieu que le jury investi de cette fonction, eût passé de l'impunité à l'iniquité, suivant la faiblesse ou la violence du gouvernement, toujours compromettant l'ordre social et tour à tour menaçant d'un bord ou de l'autre; naguère proscrivant les Débats, aussi bien que le Constitutionnel; maintenant interdisant la Quotidienne en même temps que la Gazette.

Ainsi l'esprit aura été apprécié d'après des faits positifs; l'esprit ne devra être réprimé qu'en raison des faits coupables.

Et la criminalité n'est attribuée aux faits ou aux articles du journal, qu'autant qu'ils portent atteinte, par des coups successifs, à ces objets sacrés, la paix publique, le respect pour la religion, l'autorité du Roi, la stabilité des institutions, etc.

Mais il n'y a point de délits dont les conséquences soient plus funestes, dont l'intention soit aussi réfléchie, aussi calculée; il n'y a point d'arrêts dont les considérans soient plus manifestes, dont le dispositif soit aussi tutélaire.

Dans ce mode, qui est nouveau sans doute, attendu que la matière judiciaire est de nouvelle sorte, le jugement final et formel présente l'expression réduite de tous les jugemens provisoires et tacites, sur chacun des faits isolés.

Le jugement est prononcé, comme dans le cas de la récidive souvent réitérée et long-temps prolongée, sauf cependant que la peine n'a pas été appliquée à la survenance de tel et tel délit partiel, et que tous les délits saisis en masse, sont frappés d'une peine unique.

En point d'équité, comme en fait de sécurité, rien n'est comparable.

(*Sur la Censure et la Suspension*, 1828.)

III. Deux fois les autels de la loi ont subi la profanation; et le premier sacrilège étant resté impuni, le second a paru autorisé, le troisième serait censé commandé.

Aussi les esprits sont émus et inquiets : ils n'aspirent qu'à prévenir le retour de la censure facultative, si nettement, si justement entendue pour le salut de l'Etat, si perfidement, si sottement appliquée au profit du ministre.

Et chose étrange, à peine l'idée est-elle venue de poursuivre le délit, de punir le coupable.

Il semble qu'en cet obscur et sombre recoin des ames,

qui, par habitude sans doute, est encore désigné sous le nom du siège de la conscience, quelque vague instinct insinue à chacun des juges présumés, qu'en un cas pareil, il aurait de même transgressé, et qu'ainsi son arrêt le condamnerait par anticipation.

Ou c'est peut-être qu'en matière de politique, le sophisme a tellement usurpé le sceptre de la discussion, s'est tellement joué du vrai et du faux, du juste et de l'injuste, qu'à cette heure, le sens le plus profond, le plus pur sentiment, si souvent abusés, tremblent de se laisser tromper par les apparences, sur l'existence de l'acte, ou sur l'identité de l'auteur.

On ne punira pas. La catastrophe passe à titre de châtiment; et, en effet, comme pénitence pour l'individu, comme expiation envers la société, elle suffit. Mais une telle punition, en satisfaisant la vindicte publique, n'opère pas sous le rapport de la prévention légale; et tout autre ministre, perdu de crédit, essaiera des mêmes moyens pour se raffermir, sous le seul risque d'être expulsé, qui déja le menace de près.

Cependant il faut, de manière ou d'autre, prévenir, réprimer, sauver l'Etat. Le génie se met donc à la torture; et qu'invente-il? Rien moins que d'enlever l'occasion, d'étouffer la tentation, tout simplement en abolissant le droit de censure facultative.

Ainsi les actes où l'arbitraire s'est insolemment affiché, sont mis hors de cour; et la loi où l'arbitraire s'est furtivement introduit, est mise à néant.

Parce qu'un ministre aura abusé d'une loi, dans son intérêt personnel, son successeur ne pourra en user pour le bien public; en sorte que l'anarchie est instituée à double titre, en double mesure, par cela que la justice ne se fait pas, et que la légalité n'existe plus.

Vous allez donc abolir la censure facultative : fort bien.

Puis vous devrez abolir aussi le fond d'amortissement, attendu que le ministre, constant dans ses voies, en a dirigé l'emploi au mépris de l'équité, à rebours de la convenance, en dépit de ses paroles mêmes.

Puis vous aurez à abolir le droit de nomination des Pairs, attendu qu'il a grossièrement violé sous ce rapport, et l'esprit de la Charte, et la lettre du sens commun.

Puis.... Mais faites mieux : finissez-en d'un seul trait de plume. Dans le fait, toutes ces lois, les unes qui prescrivent, les autres qui prohibent, ont pour effet certain d'exciter les gens à leur violation; ce ne sont que des pièges perfides, de lâches embûches où viennent tour à tour, tomber et se laisser prendre, l'ambition, la vengeance, la cupidité, passions indigènes de l'espèce humaine.

Les lois font le crime : qu'il n'y ait plus de lois, il n'y aura plus de crime.

Cela simplifie admirablement le mécanisme social....

Tandis qu'un sentiment de respect ou un instinct de pitié ou un calcul de prudence, empêche que la question des hommes soit résolue, le sort, par la plus fatale compensation, va peut-être trancher la question des choses.

Le principe de réaction se développe dans l'ordre moral comme dans l'ordre physique; au même degré qu'il a été comprimé, aussitôt que la liberté lui est rendue, le ressort se relève.

Les esprits récemment affectés et irrités, n'écoutent que les souvenirs, ne répondent qu'à la mémoire; ils sont tourmentés, ce semble, du besoin de se venger du passé, ombre vaine maintenant.

Et la censure facultative, imposée dans des vues odieuses, exercée d'une indigne manière, ayant été prise en horreur, soulève encore l'ame ; à peu près comme une médecine violente qui aura occasioné des convulsions, répugnera long-temps aux sens.

C'est une rage également motivée, qui excite l'enfance à briser le vase où est conservé le remède, et l'opinion, à détruire la loi d'où provenait la censure : intelligences bornées auxquelles il n'est pas donné de prévoir qu'une crise soudaine peut en réclamer le salutaire usage.....

Telle est la fougue des idées, que toute entrave pèse, que toute barrière révolte; semblable à un cheval échappé, l'esprit ne va plus que par sauts et par bonds.

Le degré de paroxysme indique la nature du spécifique. C'est en raison même de cette effervescence qui s'élève et s'irrite contre les mesures restrictives, que ces mesures sont commandées par la prudence : d'autant que le maniaque en furie se débat contre les liens qui le contiennent, d'autant pour le repos public, pour son propre salut, ses gardiens sont empressés à les maintenir ou même à les resserrer.

Dans cet état de choses, les présages qui sembleraient menacer du retour de l'ancien ministère, donneraient plutôt de l'autorité aux réflexions publiées sous son fatal empire.

« Il faut le dire hautement, s'il existait en France quelque sentiment de moralité politique, quelque idée nette de la légalité; si la hiérarchie était efficacement établie entre les pouvoirs sociaux; si l'harmonie était maintenue entre les paroles de la loi et les actes du ministère, au moyen de ce que ces actes fussent incessamment comparés aux paroles et approuvés ou réprouvés en conséquence; pour lors, la faculté d'user de la censure devrait être consacrée à jamais, car son emploi peut devenir utile, et ne saurait plus être nuisible.

« On sait trop ce qui en est, puisque les ministres n'ont pas même été interpellés sur les motifs qui avaient pu les décider à prendre cette mesure; et rien n'est plus déplorable, attendu que s'il n'est point rendu compte de la conduite suivie en vertu d'une loi facultative, les pouvoirs doivent trembler d'en prolonger la durée, bien que cela fût commandé pour parer à des périls inattendus.

« Toutefois, l'abus de la censure ne semble pas, dans ses plus fâcheux résultats, pouvoir être balancé avec les précieuses garanties que doit porter, en certains cas, l'emploi de la censure. Si l'arbitraire non contrôlé, non réprimé, menace de traîner le char de l'Etat dans un bourbier, d'où nul effort ne sera capable de le tirer; au moins il faut un certain laps de temps avant que cette honteuse fin soit accomplie; tandis qu'en un clin-dœil, à l'heure même, quelque crise révolutionnaire, éclose dans des circonstances opportunes. est appelée peut-être à le précipiter jusqu'au fond de l'abîme, où l'œil étonné ne saurait plus en apercevoir les tristes débris.

« Ministres trop chanceux cette fois, félicitez-vous, glorifiez-vous, s'il se peut que vous en ayez le cœur! Ce sont vos méfaits même qui contraignent à vous remettre, en dépit de tant de craintes, l'égide préservatrice de la censure, vos méfaits qui luttant incessamment contre les insignes faveurs du ciel, ont ravi à la France royaliste, toute union, toute force, toute espérance, et l'ont dissoute comme en poussière ; vos méfaits qui, en sens inverse, ont laissé se recruter, se constituer en corps de nation, possédant ses lois et ses chefs, jouissant de la puissance du nombre et de l'habileté du génie, la France libérale. » (Des Journaux, 1827).

(*Des Concessions au sujet de la Censure facultative*, 1828).

Des développemens plus étendus sont présentés dans les brochures sur les Concessions, sur la Censure et la Suppression, sur la concurrence des Journaux, distribuées aux deux Chambres, et dans le Recueil des Ecrits politiques, déposé aux bibliothèques.

IMPRIMERIE D'A. PIHAN DELAFOREST,
rue des Noyers, n. 37.

www.ingramcontent.com/pod-product-compliance
Ingram Content Group UK Ltd.
Pitfield, Milton Keynes, MK11 3LW, UK
UKHW020449220726
13923UKWH00005B/2422